AF258113

A TOUS LES PEUPLES ET ROIS DU MONDE

Exposition littéraire universelle écrite et parlée

L'EXPOSITIONIDE

DÉESSE DES EXPOSITIONS

LOGOSIDE-poème dramatique de l'Exposition universelle de 1867

EN CINQ ACTES ET EN VERS

Avec chœurs et déclamations universelles de tous les poëtes et prosateurs des peuples

Joué sur L'ARCHI-THÉATRE-UNIVERSEL des lettres et sur tous les Théâtres du monde

PRÉCÉDÉ D'UNE PRÉFACE

Par M. GAGNE, Avocat

Auteur de *l'Unitéide*, du *Calvaire des rois*, du *Congrès sauveur*, du *Suicide*, de la *Monopanglotte* ou *Langue universelle*, de *l'Histoire des miracles*, du *Supplice d'un mari*, des *Deux Luxes*, de la *Greveide*, de *l'Abd-el-Kadéride*, déclamée par M. GAGNE devant *Abd-el-Kader*, de *l'Archi-Monarque* qui est dans le *Congrès sauveur*, des *Deux Sœurs*, de *l'Anarchiade*, de la *Salaniade*, du *Grand Archi-Partout*, ex-rédacteur en chef de *l'Espérance*, du *Théâtre du Monde*, de *l'Uniteur*, de *l'Archi-Soleil*, etc., etc., et qui met ses œuvres dans le domaine public des lettres, ce qui donne à tout le monde le droit de les faire publier, jouer, etc.

PRIX : 35 CENTIMES

CHEZ TOUS LES LIBRAIRES, ET CHEZ L'AUTEUR, RUE SARANNE, 6

PRÉFACE-EXPOSITION

Au grand *archi-théâtre*, où chantent les poëtes,

Rayonnent les beaux-arts et les lettres en fêtes

L'*Expositionide* étale en coups d'états,

La langue universelle et l'*Uniteur* d'éclats ;

Au souffle du *Pater*, du *Credo* et du monde,

Vogue au port de salut l'arche que Dieu féconde,

L'*Expositionide* expose avec splendeur

L'ARCHI-RELIGION DU PÈRE CRÉATEUR !

Tous les hommes en général, et tous les poëtes en particulier, doivent avoir pour idéal divin l'amour de l'unité universelle sans laquelle les plus grandes choses ne sont rien. Au moment de l'exposition universelle de 1867! le monde entier est réuni à Paris, qui tient les assises du génie universel,

L'ample monde n'est plus aujourd'hui dans le monde,
Il est tout à Paris, qui de gloire l'inonde!

Je croirais manquer au plus impérieux devoir si, dans une circonstance aussi solennelle, je ne chantais pas l'unité divine et humaine, qui seule peut tout sauver. J'ai déjà parlé de la grande unité religieuse et politique dans mes gigantesque poëmes et tragédies, l'*Unitéïde*, le *Calvaire des Rois*, le *Congrès sauveur*, etc.; dans mes lettres sur l'archi-monarque, insérées dans plusieurs journaux, et dans ma pétition au Sénat, qui a daigné y répondre; je ne parlerai pas ici de l'unité archi-monarchique ou archi-républicaine. Quoique peut-être

> *La rime dans les vers brave la politique,*
> *Qui fait toujours crier ses amants qu'elle pique,*

je me croirais obligé de servir un plat de dix feuillets à la politique affamée de timbre; ce serait trop cher et trop long pour moi et pour les lecteurs. Sauf à faire plus tard un poëme universel et phénoménal avec le concours de tous les poëtes et prosateurs des peuples auxquels je fais appel, et auxquels je donne le droit, ainsi qu'à tout le monde, de publier, jouer et traduire l'*Expositionide*, que je mets dans le *domaine public* des lettres, je me borne à parler, dans mon poëme *Logoside*, de la grande *Exposition littéraire*, écrite et parlée, qui se fait sur l'archi-théâtre, dont j'ai demandé la fondation à la commission impériale de l'Exposition de 1867.

> La parole peut seule assurer l'existence
> Des lettres et des arts qu'étouffe le silence!

Je proclame dans ma *Logoside* la création de l'*Archi-monopanglotte* dont j'expose le système. Je propose la création d'un grand journal universel appelé l'UNITEUR, à la rédaction duquel concourront tous les journalistes du monde. Pour consacrer mon poëme dramatique, fait pour la gloire de Dieu et le salut du prochain, et dont j'offre de jouer les principaux rôles, pour faire la *sainte république des cœurs, des esprits et des âmes*, je commence mon œuvre par le *Pater*, et je la finis par le *Credo universel!*

Je pense que, sans cesser d'être complétement orthodoxes dans leurs propres religions, tous les hommes de croyances diverses peuvent et doivent se réunir dans un *Pater* et dans un *Credo universels* adressés au Dieu unique qu'adorent tous les peuples et les rois; mon bonheur et ma gloire suprêmes sont de pouvoir dire moi-même avec inspiration ce *Pater* et ce *Credo de salut* au milieu de tous les hommes priant chacun selon sa foi et et faisant l'*archi-religion* de toutes religions sacrées! Ce serait, sans doute, le plus divin spectacle et le couronnement de l'exposition bénie des hommes et de Dieu !

> O grand Dieu! couronnez, dans l'avenir sans craintes,
> *L'archi-religion des religions saintes!*

Si quelques fanfarons de l'athéisme osent critiquer l'*Expositionide*, toute de charité et d'amour, en déclarant que je leur pardonne comme je demande à être pardonné à mon tour, je répondrai seulement par les quatre vers que voici :

> Lion religieux qui pardonne au profane,
> Je jure de sauver le monde qui se damne!
> En faisant triompher l'archi-religion,
> J'expose Dieu lui-même à l'adoration ! ! !

L'EXPOSITIONIDE

DÉESSE UNIVERSELLE DES EXPOSITIONS

Logoside-Poëme-Dramatique de l'Exposition universelle de 1867

PERSONNAGES PRINCIPAUX :

LE POÈTE-ORATEUR et tous les Poètes ; *L'EXPOSITIONIDE*, déesse de l'Exposition
LA FRANCE ET LES NATIONS ; *L'ARCHI-MONOPANGLOTTE*, reine des Langues
L'UNITEUR UNIVERSEL, oracle des Journaux ; Musiciens, Peuples, Rois, etc.

LOGOSIDE-ACTE PREMIER.

SCÈNE PREMIÈRE.

LE POÈTE-ORATEUR ET LES POÈTES ET PROSATEURS

LE POÈTE-ORATEUR, *exposant littéraire.*

Je chante avec amour *l'Expositionide*,
Des expositions la déesse splendide,
Qui, dans les murs brillants du merveilleux Paris,
Présente au monde entier tous les progrès unis !
O muse de la gloire et des enthousiasmes,
Qui des esprits chagrins chasses tous les marasmes,
Accours, viens raconter aux peuples glorieux
Les triomphes sans fin des progrès merveilleux
Qu'encensent les vapeurs dont les locomotives,
Comme des aigles-rois pleins de forces actives,
Font voler les humains sur les chemins de fer,
Afin de tout unir dans Paris vaste et fier !
L'ample monde n'est plus aujourd'hui dans le monde,
Il est tout dans Paris, qui de gloire l'inonde,
Et qui lui verse à flots, dans des brocs précieux,
Tous les nectars fumants dont s'enivraient les dieux !
L'Expositionide, éclatante déesse
Des expositions qu'elle remplit d'ivresse,
Avait déjà montré son éclat triomphal
A Londres glorieux, au palais de Cristal,
Ainsi qu'à Paris fier, au palais d'Industrie,
Qui resplendit encor d'une étoile chérie ;
Mais jamais nulle part la déesse n'offrit
Plus d'éclats qu'à Paris dans ces jours pleins de bruit ;

Jamais elle n'a fait de palais ou de temple
Plus beaux que ceux qu'ici le monde entier contemple,
Et que sa main voulut dresser au Champ-de-Mars,
Où la guerre étalait ses pompeux étendards,
Pour qu'avec plus d'amour et de plus puissants charmes
La paix fît retentir les canons sans alarmes,
En plaçant les progrès sur les plus hauts pavois
Aux applaudissements des peuples et des rois.
Comme le verbe saint, que l'amour pur submerge,
S'incarna chastement dans le sein de la Vierge,
L'Expositionide obtient qu'au jour d'honneur
Le monde dans Paris s'incarne avec ferveur!
Né du sein de Lutèce, exempt de haine fauve,
Le *grand messie humain* nous unit et nous sauve!
Il n'est plus à Paris, plein de brillants tournois,
De blancs, de noirs, de bleus, de Français, de Chinois;
Il n'est que des mortels qui, pour chasser les races,
Contractent des hymens brûlants de saintes grâces!
Le monde est la patrie aimante de l'amour,
Qui n'a point de couleur, de rang ni de séjour!
Bientôt avec sa cour, que la gloire a fait naître,
L'Expositionide en ces lieux va paraître...
La voici! Préparons les plus glorieux chants,
Et faisons-les vibrer en tons les plus touchants,
Pour fêter la déesse en qui l'art pur s'inspire,
Et lui montrer l'éclat des lettres qu'elle admire!

SCÈNE DEUXIÈME.

LES MÊMES, *L'EXPOSITIONIDE*, sa Cour et une immense
quantité de personnes de tous les pays.

L'Expositionide, en son congrès sans crises,
Ouvre les portes d'or des plus vastes assises.

L'EXPOSITIONIDE, *sur un trône d'or.*

Illustres exposants de cent peuples divers,
Qui pour tous vous unir affrontez les revers,
Voici les jours fameux de la haute industrie,
Des lettres et des arts qu'inspire le génie,
Et que vous étalez aux regards satisfaits
Des peuples et des rois couronnés par la paix!
En recevant l'amour de votre auguste mère,
Écoutez tous ma voix qui porte la lumière.

Je vous ai rassemblés dans Paris éclatant,
Qui déroule partout son étendard flottant,
Pour vous faire étaler dans le palais des fastes
Les splendeurs du travail plein des feux les plus vastes,
Mais aussi pour créer par des transports vainqueurs
L'hymen pur des esprits, des âmes et des cœurs ;
Pour faire avec éclat les noces immortelles
Des peuples et des rois remplis d'amours fidèles.
Je veux faire éclater en biens universels
La gloire du vrai Dieu, le salut des mortels,
Et l'unité, sans qui, dans ce monde aux vains songes,
Tout n'est que vanité, néant et vils mensonges !
Mortels, devenez tous des messagers sacrés
De la grande union des peuples inspirés ;
Devenez tous de Dieu les sublimes apôtres,
Afin de vous aimer toujours les uns les autres.
Sans Dieu, l'homme est moins grand que le léviatan
Dont la nage royale illustre l'Océan ;
Sans Dieu, l'homme est moins grand que le lion superbe
Qui de sa majesté remplit la terre acerbe ;
Sans Dieu, l'homme est moins grand que l'aigle radieux,
Ballon vivant et fier qui plane dans les cieux ;
Sans Dieu, dans des moments de guerres pleines d'ombres,
Les hommes deviendraient les démons les plus sombres,
Et, constamment broyé par la flamme et le fer,
Le monde deviendra l'image de l'enfer !
O mortels divisés par diverses croyances
Auxquelles nous devons tous nos obéissances,
Afin que l'Éternel, que nous adorons tous,
Bénisse nos travaux les plus grands, les plus doux,
Pour qu'il daigne exaucer nos demandes ardentes
Et couronne nos fronts de palmes triomphantes,
Faisons avec éclat *l'archi-religion*,
Qui de l'unité sainte est le premier rayon,
En adressant à Dieu le *Pater* magnifique
Qui des religions est le soleil biblique,
Qui dans chacune prend une part des clartés
Pour en faire un grand tout de saintes vérités !

TOUS.

Oui, fraternellement nous prierons tous ensemble
Le grand Dieu dont l'amour à Paris nous rassemble !

L'EXPOSITIONIDE.

Gloire à vous, mes enfants, dans un transport divin
Commençons tous en chœur le *Pater* souverain,
Offrons à l'univers, que le triomphe embrase,
Le plus brillant spectacle et d'amour et d'extase !
Vous, poëte-orateur, commencez le *Pater*
Qui va monter au ciel dans un parlant éclair,
Et qui fera descendre, aux sons des harmonies,
Les célestes pardons avec les amnisties !

LE POËTE-ORATEUR, *priant à genoux.*

(Tous les autres suivent en prenant la pose de leurs
diverses religions.)

O grand Dieu tout-puissant qui régnez dans les cieux,
Nous vous glorifions en tous temps et tous lieux !
Que votre règne saint arrive sur le monde,
Que votre volonté, pleine d'ardeur féconde,
Soit faite sur la terre ainsi qu'au ciel brillant ;
Donnez-nous chaque jour le pain vivifiant,
Daignez nous pardonner nos offenses cruelles,
Comme nous pardonnons nos offenseurs rebelles ;
Ne nous laissez jamais succomber aux désirs,
Délivrez-nous toujours des criminels plaisirs !
Pour chasser constamment les discordes maudites,
Mettez dans tous les cœurs votre amour sans limites ;
Réunissez les fils de *Sem, Cham* et *Japhet* ;
Faites nous asseoir tous au céleste banquet !
Dans un *sursum corda* plein d'ardeurs filiales,
Faites le chaste hymen des âmes virginales !
Inondez le présent des plus parfaits bonheurs,
Couronnez l'avenir de toutes les grandeurs !
Dieu, faites qu'en offrant votre grâce infinie,
La mort nous donne aux cieux une éternelle vie !

L'EXPOSITIONIDE.

Dieu daigne vous bénir, ô glorieux mortels
Dont l'amour pur le prie, en chœurs universels.
Vous faites éclater en sublimes spectacles
L'archi-religion, qui fera des miracles :
Car elle chassera l'athéisme infernal,
Qui voudrait arborer son étendard fatal ;

L'archi-religion, triomphant des traverses,
Fortifiera partout les croyances diverses.
L'archi-religion fait, dans l'égalité,
La fraternité sainte avec la liberté;
L'archi-religion fait éclater en gammes
L'orgue religieux universel des âmes;
L'archi-religion conduit le genre humain
A la grande unité d'un culte souverain,
Qui sera, je l'espère, avec la foi divine
Le culte catholique où Jésus-Christ domine!
Enfin, j'ose le dire en lui payant tribut,
L'archi-religion apporte le salut!!
Faisons tous triompher dans un accord suprême
L'archi-religion, que proclame Dieu même!
Poëtes, saisissez vos luths les plus vibrants,
Célébrez du salut les fastes les plus grands;
Déroulez à longs flots des trésors littéraires
Qui doivent tout remplir de soleils tutélaires.
Pour chasser à jamais tous les maux étouffants,
Créez par l'unité tous les biens triomphants!
Afin de couronner d'un triomphe céleste,
Qui chassera sans fin la discorde funeste,
Par toutes les splendeurs avec ovations,
Exposons Dieu lui-même aux adorations!

(Les poëtes et prosateurs débitent des tirades.)

L'EXPOSITIONIDE, *après avoir écouté et applaudi à cette
Exposition littéraire parlée.*

Grands auteurs qui charmez l'esprit et les oreilles
En déroulant à flots des fleuves de merveilles,
Suspendez un instant vos chants et vos concerts,
Qui parfument la terre et les cieux entr'ouverts;
Allons tous visiter les produits pleins de gloire
Qu'étale le travail chanté par la victoire.
Quittons l'archi-théâtre éclatant et pompeux
De qui vous avez fait un temple lumineux
En y faisant vibrer dans un accord sans feinte
Le rôle qui doit tout unir dans la foi sainte,
En faisant triompher avec la charité
L'archi-religion, soleil de l'unité!

(Tous sortent en applaudissant.)

LOGOSIDE—ACTE DEUXIÈME.

ou

La France et les Nations du Monde.

LA FRANCE, LES NATIONS, POÈTES, etc.

La France dans ses bras presse les nations,
Qu'elle veut inonder des plus puissants rayons !

LA FRANCE, *sur un trône de diamants.*

O mes très-chères sœurs, ô nations du globe
Que brisent les forfaits dont la mer nous englobe,
Permettez que la France exprime le bonheur
Qu'elle a de vous presser sur son immense cœur
En ce brillant congrès où, dans ma capitale,
L'Expositionide avec orgueil étale
Les chefs-d'œuvre divers des ouvriers féconds,
De qui le règne brille en éléments profonds ;
Dans un grand *train-express* que la victoire presse,
Le travail conquérant vient à toute vitesse,
Et quiconque voudrait arrêter son vol neuf
Se broierait sur les rails de son Quatre-vingt-neuf.
La France veut briller dans les congrès où s'ouvrent
Les assises d'honneur que tous les éclats couvrent,
Où viennent exposer, avec les travailleurs,
Des ministres, des rois et de fiers empereurs !
Au concert de la gloire où tout éclat domine,
La France veut donner le grand UT de poitrine !
Réunissant les fils de Cham, Japhet et Sem,
Paris doit devenir l'ample Jérusalem
Du monde, dont il est, dit-on, la Babylone,
Que le *Luxe-luxure* à pleins bols empoisonne !
Jusqu'à ce temps fatal, les pâles nations
Ont été le jouet des révolutions ;
Leurs fureurs ont donné le pouvoir à la guerre
De toutes les broyer comme des vers de terre.
Jusqu'à ce temps fatal, la folie en venin
A fait danser le monde au son du tambourin.
O nobles nations que Paris traite en reines
Et dont la France fait d'égales souveraines,
Écoutons avec foi la divine raison
Qui du discours d'honneur fait la péroraison,
Et demande à grands cris l'unité créatrice
Qui doit du monde entier être la rédemptrice.

Songez que terre, enfer, cieux, Dieu, l'affreux satan,
Tout contemple en ces lieux les peuples pleins d'élan.
Dans son hymen avec le plus brillant génie,
La France veut créer le terrestre messie.
Après avoir porté les plus fameux bandeaux
De la guerre, qui fit rayonner ses drapeaux,
En vous réunissant autour du plus grand trône,
La France de la paix veut ceindre la couronne ;
Fille du Dieu d'amour que soutient son effort,
La France veut porter le sceptre du Dieu fort,
Et tout unir sans fin dans la foi fraternelle,
Afin que, rayonnant d'une gloire éternelle,
Le monde chante en chœur sous l'ar-en-ciel de feu :
LE SCEPTRE DE LA FRANCE EST LE SCEPTRE DE DIEU !
Poëtes, chantez tous sur cet archi-théâtre
Où fraternellement les arts viennent combattre,
Chantez tous à l'éclat du plus glorieux jour
L'hymen qu'au monde entier propose mon amour !

TOUTES LES NATIONS.

Gloire, gloire sans fin à l'immortelle France,
Avec qui nous faisons l'éternelle alliance !

LE POËTE-ORATEUR.

Poëtes, déclamons dans les plus grands essors
Les passages choisis des glorieux trésors,
Pour dignement chanter l'hymen le plus épique
De la France et du monde à l'amour poétique !

LA FRANCE, *après les chœurs des poëtes.*

Allons tous célébrer par le plus grand banquet
Le triomphant hymen que l'humanité fait,
Et que chante avec foi, d'une voix glorieuse,
La France qu'à jamais tout dira bienheureuse !
J'ose jurer partout qu'en l'unissant au port,
J'ai par un saint amour sauvé le monde mort !

(Tous sortent en applaudissant.)

LOGOSIDE-ACTE TROISIÈME.

ou

L'UNITEUR UNIVERSEL, grand Oracle des Journaux.

JOURNALISTES, POÈTES, PROSATEURS, LA FRANCE
et tout le monde.

*L'Uniteur triomphant par les plus douces lois
Unit les rédacteurs pour la première fois.*

L'UNITEUR UNIVERSEL, *du haut d'un trône de rubis.*

Poètes, prosateurs, célèbres journalistes,
Qui des exploits du temps illuminez les listes,
Et qui vous dévorez par le nombre effrayant
Des journaux enfantés par l'esprit foudroyant,
Écoutez les conseils de *l'Uniteur* qui chante,
Grand oracle vivant de la presse mourante,
Et qui veut couronner d'un astre éblouissant
Le journalisme plein d'un désastre impuissant.
Si vous voulez sauver le pâle journalisme,
Qui meurt dans la misère et dans l'âpre égoïsme,
Créez tous L'UNITEUR UNIVERSEL et chef
Des journaux dont il fait au port voguer la nef !
Le journal *l'Uniteur universel* du monde
Serait l'*archi-journal* des journaux qu'il féconde ;
Les autres porteraient son titre solennel,
Sans prendre l'adjectif brillant d'*universel ;*
On dirait *l'Uniteur des Nouvelles* en fête,
L'Uniteur de la France, ou bien de la *Gazette.*
Il en serait ainsi pour tout autre journal,
Étranger ou français, qui d'un cœur filial
Défendrait *l'Uniteur universel* et juste
Qui de tous les journaux serait le père auguste ;
Ils s'uniraient à lui sous une même ampleur,
Pour être divisés au gré de l'acheteur !
Traitez dans ce journal, en cent diverses langues,
Et qui se sert toujours des plus dignes harangues,
Tous les sujets divers de morale et de lois,
Qui peuvent éclairer les peuples et les rois.
Pour faire resplendir toutes les auréoles,
Pour monter aux sommets des plus hauts Capitoles,
Il faut que vous soyez les messagers brillants,
Les grands ambassadeurs des siècles ondoyants ;

Il faut faire éclater des tonnerres de gloires,
Qui doivent foudroyer les hontes les plus noires ;
Il faut faire jaillir des mondes de soleils
Du chaos secoué par d'éclatants réveils ;
Il faut créer en chœur l'Archi-Académie
Qui doit du monde entier refléter le génie :
Car elle contiendra dans son sein tout épris
Les grands auteurs qui font l'arc-en-ciel des esprits.
Il faut faire éclater en merveilleux poèmes
Les splendeurs dont la gloire a fait les saints baptêmes :
Il faut faire voler la sainte liberté,
Qui prend ses ailes d'or dans la divinité :
Quand d'un céleste amour son âme ardente vibre,
Plus il dépend de Dieu plus l'homme est fort et libre !
Enfin, pour illustrer et vos fronts et vos chars
De lauriers plus brillants que tous ceux des Césars,
Levez-vous tous en chœur dans l'amour qui s'allume,
Journalistes, soyez les héros de la plume.
En dotant *l'Uniteur* d'astres victorieux,
Journalistes, montrez que vous êtes des dieux !

TOUS LES JOURNALISTES.

Gloire, gloire éternelle à *l'Uniteur* sublime,
De qui nous suivrons tous le conseil magnanime,
Et dont nous ferons tous le journal immortel !
L'Uniteur des journaux est l'astre paternel !
Poétes, rédacteurs, chantez les épopées
De toutes les splendeurs au génie échappées !

(Tous les poètes, les journalistes et écrivains du monde
déclament divers morceaux choisis).

L'UNITEUR.

Je suis content de vous, et j'ose vous bénir,
Journalistes qu'attend l'héroïque avenir !
Journalistes, allez faire les grands articles
Qui vont à pleins soleils verser la gloire aux cycles,
Et qui pénétreront des rayons les plus beaux
Les peuples dont j'attends les immenses bravos !

LOGOSIDE–ACTE QUATRIÈME.

ou

L'ARCHI-MONOPANGLOTTE, reine des Langues.

L'EXPOSITIONIDE, LES NATIONS, LES POÈTES, LES INDUSTRIELS, *L'ARCHI-MONOPANGLOTTE*, reine des Langues.

L'Archi–Monopanglotte, à qui tout applaudit,
En langue universelle expose un divin fruit.

L'ARCHI-MONOPANGLOTTE.

Peuples, pour nous punir de l'incurable orgueil,
Qui des ambitieux est souvent le cercueil,
L'Éternel fit parler mille langues fatales
Aux superbes dresseurs de Babels infernales.
Depuis ce temps rempli de consternations
Les langues ont rugi dans les confusions;
Sans pouvoir se comprendre au milieu du délire,
Les hommes attristés se font pleurer ou rire!
Pour que Dieu daigne enfin lever les châtiments
Qui frappent jour et nuit les peuples écumants,
L'Archi-monopanglotte, ou la reine parlante
Des langues qui se font une guerre sanglante,
Apporte avec amour, en ces jours pleins d'attraits,
La langue universelle aux peuples satisfaits!
Voici la marche simple, et que rien ne ballotte,
Que je suis pour former l'Archi-monopanglotte,
Que tous pourront soudain parler correctement,
En se faisant toujours entendre clairement!
Désirant dissiper les rivalités sombres
Qui remplissent l'esprit des plus mortelles ombres,
J'emprunte franchement, et dans l'égalité
Pesée à la balance avec fraternité,
Tous les mots de ma langue aux différents langages
De cent peuples divers de la terre en naufrages;
Je forme avec ces mots, pleins de sens et choisis,
Un bon dictionnaire en ce palais appris;
Je retranche sans peur les conjugaisons tristes
Des verbes hérissés de chutes anarchistes;
Je conserve toujours l'*infinitif tout seul*,
Qui des difficultés fait sauter le linceul.
Les termes renfermés dans le dictionnaire,
Qui n'a pas plus de mots qu'un seul autre glossaire,

Sont appris, prononcés avec un ton égal
Dans un archi-collége international.
Voici sommairement un tableau poétique
Des principes tracés pour cette langue unique
Qui doit être étalée en exposition
Et que l'on doit apprendre avec ovation.
La langue universelle inspire la parole,
C'est l'éloquent amour qui souffle à chaque pôle;
La langue universelle est le verbe du Christ
Qui guérit les muets qu'étouffe l'Antechrist!
Comme tout ce qui souffre et meurt de coups infâmes,
L'Archi-monopanglotte aura de saintes femmes;
La langue universelle est le *Logos* de Dieu:
La femme plus que l'homme éprouve le saint feu!
La langue universelle unit tous les usages,
Les mesures, les poids, les amours, les lois sages;
Elle fait l'unité du costume décent
Et remplit l'univers d'un feu resplendissant.
J'applique seulement à la langue française
Les principes très-clairs que tout peuple, à son aise,
Peut à sa langue propre appliquer sûrement
En couronnant d'amour l'immortel monument :
L'Archi-monopanglotte, ou langue universelle,
Être par tout progrès *appeler* avec zèle ;
L'Archi-monopanglotte *appeler* au secours
Les langages divers qui partout *avoir* cours ;
La langue universelle, afin d'être facile,
Employer seulement le radical docile ;
L'Archi-monopanglotte, avec l'*infinitif*,
Faire le coup d'État du seul langage actif ;
L'Archi-monopanglotte, avec sa loi féconde,
Pouvoir être soudain *parler* par tout le monde ;
A l'exposition où *vouloir* s'élever,
L'Archi-monopanglotte *espérer* tout sauver.
O grands peuples et rois, *couronner* de victoires
L'Archi-monopanglotte, astre parlant des gloires !
L'Archi-monopanglotte, avec un ton altier,
Jurer qu'en ce grand jour *sauver* le monde entier !

TOUS, *en applaudissant.*

Tous les peuples unis adoptent en famille
L'Archi-monopanglotte en qui tout éclat brille.

LE POÈTE-ORATEUR, EXPOSANTS LITTÉRAIRES.

Poètes, chantons tous avec les grands tournois
L'Archi–monopanglotte et ses parlantes lois,
Qui brisent la Babel et font la pyramide
Des langages divers qu'unit sa logoside.

LOGOSIDE-ACTE CINQUIÈME.

ou

Le Couronnement et l'Apothéose.

L'EXPOSITIONIDE, POÈTES, PROSATEURS, JOURNALISTES
LES NATIONS, TOUS LES EXPOSANTS, etc.

L'Expositionide avec amour couronne
Les dignes exposants que la gloire environne.

L'EXPOSITIONIDE.

Dignes triomphateurs, glorieux exposants
Qui m'avez prodigué l'amour et les présents
Au milieu des concerts et des chants séraphiques,
Recevez justement les couronnes épiques
Qui doivent couronner les héros du travail
Qui de l'arche du monde arme le gouvernail.
Par vos nobles élans, par vos brillants chefs–d'œuvre,
Qui du vil intérêt ont chassé la couleuvre,
Vous avez ennobli, charmé, divinisé
Le progrès qui conduit l'avenir pavoisé;
Vous avez fait jaillir du *fiat lux* fidèle
Le poème divin de l'âme universelle!
Vous avez consacré l'*archi-religion*
Du *Père Créateur* qui bénit l'union;
Vous avez couronné de myrtes et de roses
Les nations qui font fuir les haines moroses,
Et qui, dans ce palais, où tout va triompher,
S'embrassent pour toujours sans jamais s'étouffer.
Vous avez enfanté *l'Uniteur, grand oracle!*
Le journal des journaux qu'il unit au pinacle,
Sous la direction du ministre fervent
De la Presse, qu'il rend libre comme le vent!
Vous avez enivré d'amour et de harangues
L'Archi–monopanglotte, astre parlant des langues!
Pour repousser les flots des haines de l'enfer,
Dont Satan fait partout déborder l'âpre mer,

Unis sous l'arc–en–ciel de la sainte alliance
Que remplissaient de sang les partis en démence.
Vous lancez les longs flots du saint amour du ciel
Dont Dieu fait déborder l'océan éternel !
Mais, pour bien couronner vos chefs-d'œuvre suprêmes
Et pour bien mériter les plus beaux diadèmes,
Dites tous avec moi l'universel *Credo*
Au son de la musique en divin crescendo :
Le céleste *Pater* illustra l'ouverture,
Le céleste *Credo* doit faire la clôture :
Si nous voulons qu'au port vogue le genre humain,
Dieu doit être de tout le principe et la fin !
Poète, commencez le *Credo* salutaire
Aux sublimes accords des cieux et de la terre.

LE POÈTE-ORATEUR, *disant le Credo universel.*

Nous croyons tous à vous, ô grand Dieu tout-puissant
Qui fîtes d'un seul mot l'univers florissant ;
Nous croyons que vos lois, que nos ferveurs implorent.
Veulent que les mortels vous aiment, vous adorent,
Et qu'ils fassent vibrer dans des concerts sacrés
L'orgue de l'unité de leurs cœurs inspirés ;
Nous croyons que chacun, dans son amour extrême,
Doit aimer son prochain souvent plus que lui-même ;
Nous croyons, en chassant le néant que tout craint,
A l'immortalité des âmes, au feu saint ;
Nous croyons tous en chœur aux récompenses justes
Du bien qu'ont couronné toujours vos lois augustes,
Ainsi que nous croyons aux sombres châtiments
Du mal qu'ont foudroyé tous vos commandements.
Couronnez, ô grand Dieu ! de votre grâce immense
L'universel credo dont l'amour vous encense !
O mortels qu'en ce lieu l'amour saint fait lever,
Chantez tous le grand Dieu qui daigne nous sauver.
Sur le timbre éclatant de l'horloge des âmes,
Qui marque du salut les minutes de flammes,
En nous remplissant tous de sa divinité,
Dieu sonne pour toujours l'heure de l'unité ! !

LE CHANT UNIVERSEL DE L'APOTHÉOSE
Après plusieurs autres déclamations poétiques.

Peuples, chantons l'*Expositionide*
Qui fait briller les chefs d'œuvre divers,

Célébrons tous la déesse splendide
Qui dans Paris rassemble l'univers,
Et qui remplit du plus vital délire
L'âme et le cœur des mortels radieux !
Peuples, chantons le Dieu qui nous inspire
Et nous unit sous le grand arc des cieux !
Peuples, chantons les nations sublimes
Qui font partout des accords souverains,
Qui dans Paris, pleins d'amours magnanimes,
Font triompher tous les progrès divins !
Peuples, chantons la paix qui nous admire,
Chasse la guerre aux canons odieux.
Peuples, chantons le Dieu qui nous inspire
Et nous unit sous le grand arc des cieux !
Peuples, chantons le travail héroïque,
Tous les trésors, les lettres et les arts,
Qui chaque jour, par un élan magique,
Font resplendir leurs pompeux étendards ;
Chantons l'éclat de tout ce qui respire
En déroulant des soleils merveilleux.
Peuples, chantons le Dieu qui nous inspire
Et nous unit sous le grand arc des cieux !
Peuples chantons le triomphant génie
Qui, sur son char d'or et de diamants,
Guide à l'éden de l'unité bénie
L'avenir plein de purs ravissements ;
Peuples, chantons l'universel empire
Dont l'éclat saint des mortels fait des dieux.
Peuples, chantons le Dieu qui nous inspire,
Dieu nous unit sous le grand arc des cieux !

L'EXPOSITIONIDE.

Peuples, triomphez tous ; en soulevant la pierre
Qui couvrait âme et corps roulés dans le suaire,
Tout ruisselant de gloire et d'immortalité
Le monde ressuscite avec la liberté !
Dans une ascension où le progrès repose,
Le monde vers les cieux fait son apothéose !
Dans tous les temples saints, au théâtre, au forum,
Chantons de l'unité l'éternel *Te Deum !!!*

FIN.

2462 — Paris, imprimerie Jouaust, rue Saint-Honoré, 338.